LE BIENHEUREUX

DIÉGO-JOSEPH DE CADIX

MISSIONNAIRE

DES FRÈRES-MINEURS CAPUCINS

1743-1801

BÉATIFIÉ PAR LÉON XIII, LE 22 AVRIL 1894

> Dieu m'a destiné à être
> capucin, et missionnaire,
> et saint. Malheur à moi si
> j'étais infidèle à cette vo-
> cation !

———❀———

TOULOUSE

IMERIE CATHOLIQUE SAINT-CYPRIEN

27, ALLÉES DE GARONNE, 27

—

1895

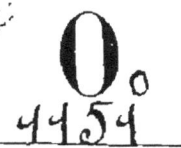

TRISAGION

DE LA

T. S^{TE} TRINITÉ

Propagé par le Bienheureux Diégo-Joseph.

————— •=•= —————

Il se compose de trois dizaines de petits grains, séparées par trois grains plus gros.

—————

ON DIT SUR LES GROS GRAINS :

Dieu saint, Dieu fort, Dieu immortel, ayez pitié de nous !

SUR CHACUN DES PETITS GRAINS :

Saint, Saint, Saint est le Seigneur, le Dieu des Armées : les cieux et la terre sont remplis de sa gloire. Gloire au Père ! Gloire au Fils ! Gloire au Saint-Esprit !

LE BIENHEUREUX

DIÉGO-JOSEPH DE CADIX

MISSIONNAIRE

DES FRÈRES-MINEURS CAPUCINS

1743-1801

BÉATIFIÉ PAR LÉON XIII, LE 22 AVRIL 1894

> Dieu m'a destiné a être
> capucin, et missionnaire,
> et saint. Malheur à moi si
> j'étais infidèle à cette vo-
> cation !

TOULOUSE

IMPRIMERIE CATHOLIQUE SAINT-CYPRIEN

27, ALLÉES DE GARONNE, 27

—

1895

Prêcher, aimer et souffrir.

(Devise du Bienheureux.)

LE

Bienheureux DIÉGO-JOSEPH de CADIX

Dieu m'a destiné à être Capucin et missionnaire et saint.
Malheur à moi si je venais à
être infidèle à cette vocation !

(Lettre du B. à son Directeur.)

Le 22 avril 1894, les pèlerins espagnols étaient
témoins, dans Saint-Pierre de Rome, d'une béatifica-
tiion particulièrement solennelle et imposante.

Celui à qui le Vicaire de Jésus-Christ décernait les
honneurs suprêmes était un humble fils de saint François, un missionnaire qui avait, à la fin du siècle dernier, parcouru toute l'Espagne pour l'évangéliser,
arrêtant à ses portes l'hydre menaçante de la Révolu-
tion. La voix populaire l'avait déjà exalté comme le
*missionnaire modèle, l'Apôtre de l'Espagne au dix-
huitième siècle.* La voix de l'Église, avant de le pro-
clamer Bienheureux, l'avait appelé l'*Homme véritablement envoyé de Dieu, un nouveau saint Jacques et
saint Vincent Ferrier, un autre saint Paul.*

Joseph-François-Jean-Marie Caamano y Perez de
Rendon, vint au monde à Cadix, le 30 mars 1743,
dans une rue dont le nom allait devenir une prophé-
tie : *la calle de la bendicion de Dios.*

Il désirait déjà, tout enfant, d'être religieux, et ses jeux même révélaient sa vocation. Il aimait à découper de ses doigts, dans du papier, des capucins à la longue barbe, dans l'attitude de la prédication.

Sa famille, qui était noble et riche, voulut lui faire donner une éducation soignée, mais le peu de talent de l'enfant, ou plutôt une crainte excessive, semblait le rendre inapte à toute carrière, et décourageait ses maîtres.

L'un d'eux, religieux Dominicain, l'entendant prêcher plus tard, déclarait, à la vue de cette transformation, être témoin d'un miracle de premier ordre. Ce que l'humble capucin confirmait en disant : « Vous le voyez, mon Père, il n'y a rien de moi en cela, et c'est Dieu qui a tout fait. »

Rentré dans sa famille, qui habitait d'ordinaire la ville d'Ubrique, il commença à fréquenter le couvent des Capucins, et ému par la lecture des Vies de nos Saints, qu'on lui prêta, il voulut lui aussi être admis dans cet Ordre.

Sa vocation fut combattue à la fois par ses parents et par les Supérieurs, qui ne voyaient pas bien à quoi pourrait servir, dans l'Ordre, un sujet en apparence si ordinaire. Mais lui, en prières dans l'église des Capucins, ne cessait de dire à Dieu : « Seigneur, enseignez-moi, vous, et je saurai ! » Qui aurait dit alors que ce jeune homme allait devenir un si puissant missionnaire et renouveler en Espagne les merveilles de l'apostolat de saint Vincent Ferrier ?

Ses prières furent enfin exaucées, et sa quatorzième année n'était pas encore révolue, qu'il prenait l'habit, le 15 novembre 1757, avec le nom qu'il allait rendre à jamais illustre de frère Diégo-Joseph de Cadix.

Le novice ne donna point, tout d'abord, des preuves d'une vertu extraordinaire. Dieu, qui ne fait rien brusquement, l'acheminait peu à peu vers la sainteté parfaite. Sa piété et sa régularité, sa timidité même qui était en lui une marque de sincère humilité, durent cependant déterminer en sa faveur les suffrages de la communauté, et le frère Diégo fit sa profession le 16 mars 1759, le lendemain même du jour où il accomplissait sa seizième année.

Les premières années de sa vie religieuse s'écoulèrent calmes et paisibles, et amenèrent la transformation miraculeuse et soudaine du jeune étudiant, dont l'esprit fut rempli des divines lumières, en même temps que son cœur s'enflammait des ardeurs séraphiques.

Il étudiait, en théologie, les attributs et les perfections de Dieu, sa vie ineffable, dans la société des trois personnes divines, et l'intelligence du F. Diégo s'illumina tout à coup. L'impression qu'il ressentit fut si vive qu'elle persévéra en lui toute sa vie et le tint constamment dans l'esprit d'une humilité parfaite et d'une adoration continuelle.

Le mystère adorable de la Très Sainte Trinité devint dès lors l'objet de son culte spécial. Durant ses missions il ne manquait jamais de raviver dans le cœur des fidèles cette salutaire dévotion, et il réussit à la rendre populaire, en établissant partout la coutume de chanter le Trisagion en l'honneur de la Très Sainte Trinité. Son cœur était si plein des sentiments de la foi et de l'amour pour ce divin mystère, qu'il le prêchait constamment sans jamais se répéter. Les plus savants théologiens étaient émerveillés de l'entendre toujours s'exprimer sur ce sujet si difficile, avec une parfaite justesse, une abondance et une onction dignes des plus grands docteurs de l'Église.

Mais bien que Dieu lui-même se fût en quelque sorte chargé de l'instruire, ce qui demeurait toujours en lui, et d'une manière invincible, c'était la timidité.

Ordonné prêtre, le 3 juin 1767, il est, peu après, chargé par ses supérieurs de l'Office des Missions ; et, accablé par ce redoutable fardeau, il pleure devant Dieu, et redit la parole de Jérémie : « *Ah ! Ah ! Ah ! Seigneur, je ne sais point parler. Je n'ai point de science, point de talent, point de vertu.* » Mais Dieu lui répond comme au prophète. « *Ne crains rien, tu iras à toutes les choses vers lesquelles tu seras envoyé, car je suis avec toi.* »

D'autres grands prodiges vinrent le réconforter et lui montrer sa mission. Un jour devant aller prêcher à Ceuta, il exposait à Dieu son impuissance et ses craintes dans une église dédiée à saint Ildephonse. Le saint lui apparut et lui dit : « Ne crains rien, je suis le Patron de cette église. Pendant que tu priais, j'ai offert ta supplique au Seigneur, et Marie, notre Mère, elle aussi, a intercédé pour toi. Sois assuré que tu recevras tout ce que tu demandes pour la mission de Ceuta et pour beaucoup d'autres que tu feras plus tard. Par ta prédication, Dieu veut convertir de nombreux pécheurs : tu auras la science et l'intelligence des divines Écritures, et, par ta langue, Dieu triomphera de la fausse sagesse d'un grand nombre. »

Dieu lui-même lui montra peu après qu'il parlerait par sa bouche. Prêchant à Malaga, devant des personnes instruites et des étrangers protestants, il crut devoir, pour faire plaisir aux chanoines, bien prépa-

rer son sermon. S'étant perdu dès les premiers mots,
il parla longtemps sans ordre et sans suite, dans un
tel accablement d'esprit qu'il en demeura trois nuits
sans dormir ; et cependant ce discours si imparfait
produisit de grands fruits et convertit des hérétiques.

C'est à Malaga que le Christ lui parla et l'encouragea
à ne pas renoncer au ministère de la parole, pour le-
quel il avait tant de répugnance. Il lui dit de ne rien
craindre, que son assistance ne lui manquerait pas,
qu'il l'associait dès cette heure au nombre de ses saints
Apôtres, qu'il serait comme l'un d'eux et recevrait
leurs dons.

Et trois jours après, tandis qu'il faisait son action
de grâces, dans la chapelle de Notre-Dame de la Paz,
à Ronda, il vit soudain devant lui, dans une mer-
veilleuse apparition, saint Pierre et saint Paul qui lui
dirent : « Courage, ô notre frère et notre compagnon !
la moisson est grande et il y a peu d'ouvriers. Nous
avons prié le Père céleste d'en augmenter le nombre
et il t'a envoyé. »

Cette chapelle de N.-D. de la Paz lui devint dès lors
extrêmement chère : c'est là, auprès de sa Mère du
ciel, qu'il aimait à venir se reposer dans la maison de
pieux bienfaiteurs. Il se faisait le sacristain de cette
église et y passait de longues heures en prières. Il
prêcha constamment, jusqu'à la fin de sa vie, la neu-
vaine de cette Vierge, qui se célèbre chaque année
solennellement au mois de janvier, s'imposant parfois
de très longs et très pénibles voyages pour payer à
Marie le tribut de sa reconnaissance. C'est à Ronda
qu'il est mort, et c'est aux pieds de la Madone véné-
rée, au-dessus du maître-autel, que reposent aujour-
d'hui ses précieuses reliques.

Encouragé par ces apparitions et ces paroles céles-tes, le Père Diégo ne connut plus de repos.

Une grave maladie vint l'arrêter un instant. Mais Dieu lui fit comprendre que sa mission n'était pas encore remplie, qu'il n'avait rien fait encore, et qu'il devrait prêcher des missions à Cordoue, à Grenade, Jaen, Tolède, Madrid, Sarragosse et beaucoup d'autres lieux, car la corruption était grande partout, et il fallait restaurer les vertus.

Déjà, les concours étaient tels à ses sermons que les plus grands édifices ne pouvaient contenir les audi-teurs. Le peuple pleurait, et l'émotion gagnait souvent le clergé, pour la réforme duquel le serviteur de Dieu était spécialement envoyé. Les docteurs, les savants allaient l'entendre pour critiquer et dénigrer ce mis-sionnaire jeune encore et inexpérimenté, mais ils de-vaient confesser que, sans se départir de la simplicité la plus évangélique, il observait toutes les règles de l'art oratoire et citait les saintes Écritures avec un merveilleux à-propos. Sa parole pleine de vie et d'ef-ficacité allait au fond des cœurs et s'insinuait avec force, amenant la conversion du cœur et la réforme de la vie. Eux-mêmes se prenaient à pleurer, et tom-baient à genoux en se frappant la poitrine. La rhéto-rique et la science humaine étaient vaincues par la simplicité de la parole de Dieu, qui sortait de la bouche du missionnaire, tranchante comme un glaive.

Le Bienheureux écrit lui-même, en janvier 1778 : « Le fruit de ma mission ici est extraordinaire. Dès que j'ai touché aux comédies elles ont été finies et les acteurs sont partis. » La fin des comédies et la fer-meture des maisons de jeu et de vice furent les fruits les plus ordinaires des missions du P. Diégo. En certains lieux, les municipalités mettaient fin à ces désordres de la façon la plus vigoureuse ; le plus souvent, c'était le peuple lui-même qui, converti, allait brûler ce qu'il avait adoré et détruisait les théâtres et les maisons publiques.

On ne connaissait pas encore à cette époque la peste de la presse, mais les idées mauvaises s'introduisaient pourtant à la faveur de l'imprimerie. Le Bienheureux prêcha toujours avec véhémence contre la philosophie malsaine de Voltaire et de Rousseau, qui traversait déjà les Pyrénées, et, prévoyant plusieurs années à l'avance les funestes effets que ces doctrines allaient produire, on l'entendait souvent s'écrier, avec des larmes dans la voix : « Oh ! pauvre France ! pauvre France ! tu es empoisonnée ! » Et quand les malheurs prédits fondirent sur elle, quand se déchaîna l'orage révolutionnaire, à la vue des ruines qu'il causait, le Bienheureux, effrayé, ne songea qu'à protéger son pays contre une semblable invasion.

Les missions duraient ordinairement peu de temps, huit ou dix ou quinze jours. Mais l'infatigable apôtre se multipliait et prêchait dans un jour jusqu'à sept et huit fois. Il y avait les sermons du matin, instructions et conférences. Puis des retraites spéciales, pleines de fruits, pour le clergé régulier et séculier, pour les diverses communautés religieuses, où le Bienheureux venait établir la Réforme, pour les soldats, pour les prisonniers, là où se trouvaient des prisons, quelquefois même pour les municipalités, à qui le missionnaire ne craignait pas de donner avec grande force des avis et des reproches.

Un jour, à Ecija, l'esprit de la colère et de la fureur du Seigneur sembla fondre sur lui, sa voix s'éleva avec véhémence, et frappant sur la table avec son crucifix des coups formidables, il reprocha aux magistrats leurs désordres, leurs négligences, l'oubli des intérêts du pauvre. Sa voix s'élevant toujours leur montrait dans Jésus crucifié le vengeur des petits et des faibles. Et sa parole, qui avait d'autant plus de puissance et d'autorité que sa sainteté était plus grande, atterrait ses puissants auditeurs et les forçait à porter un remède aux abus.

L'exercice principal des missions était celui du soir : la récitation du Chapelet ou du Trisagion de la Sainte Trinité, le chant du *Santo Dios*, des cantiques populaires à la *Divina Pastora*, patronne des missions des Pères Capucins en Espagne, l'explication d'un point de la doctrine, puis le sermon, qui durait, à lui seul, une heure et demie ou deux heures.

On frémit à la pensée des fatigues du serviteur de Dieu, qui donnait ce sermon, après plusieurs autres, à la fin de chacune de ses journées, le plus souvent en plein air, et qui avait néanmoins la force de se faire entendre à une foule considérable, remplissant non seulement les vastes places choisies, mais encore les rues adjacentes.

Vers la fin du sermon, le missionnaire prenait en mains son grand Crucifix, disposé à cet effet près de la chaire ou du balcon qui lui servait de chaire. Et là, dans un colloque plein d'onction et de force, il faisait amende honorable et demandait pardon au nom de tous. Ses accents alors devenaient déchirants, une émotion poignante se communiquait à cette foule, au-dessus de laquelle semblait passer le souffle de

Dieu. Tous fondaient en larmes, les sanglots, les cris
de douleur se mêlaient aux supplications du missionnaire. En vain lui avait-on résisté jusque-là : il fallait
se rendre à son acte de contrition ; la véhémence et
l'ardeur de son amour lui assuraient sur les âmes les
plus rebelles d'infaillibles victoires.

Les ennemis se jetaient dans les bras l'un de l'autre ;
les scandaleux, les pécheresses publiques demandaient
pardon à haute voix et promettaient de s'amender. On
apportait aux pieds du bienheureux le produit des
rapines ou des injustices pour être restitué ou dis-
tribué aux pauvres. Les confessionnaux étaient assiégés
et le grand nombre des prêtres des paroisses, des
collégiales et des monastères, alors dans toute leur
splendeur, pouvaient à peine suffire à l'administration
des sacrements.

Tout le monde voulait entendre l'homme de Dieu,
et les rues, dans les villes où il prêchait, se dépeu-
plaient à tel point qu'il fallait envoyer à ces mêmes
villes des patrouilles de soldats pour faire la garde
contre les voleurs qui auraient voulu se glisser dans
les maisons désertes.

On y venait de tous les lieux circonvoisins, mar-
chant en procession, sous les bannières, comme en
temps de pèlerinage, de sorte que les marchands de
vivres devaient prendre leurs précautions à l'approche
de la mission, pour que ces foules, plus nombreuses
qu'en aucun temps de fête, pussent avoir leur nourri-
ture. On put compter à Murcie 40,000 personnes, à
Saragosse, 50,000. On ne trouva pas à Barcelone de
place publique suffisante pour contenir les auditeurs.

Il n'était bruit, dans toute la Péninsule, que de la

prédication du Père de Cadix, des fruits merveilleux
qu'il opérait dans les âmes, et déjà la voix populaire
le proclamait un *Saint* Toutes les villes du royaume
voulaient successivement le posséder. Nous avons
retrouvé aux archives de l'Évêché d'Orihuela une pré-
cieuse correspondance de laquelle il résulte que, pour
l'avoir dans ce diocèse, il avait fallu le demander sept
années à l'avance.

Il allait d'ordinaire à pied de l'une à l'autre de ses
missions, accompagné d'un autre Père et d'un frère
lai. Un petit âne portait les bagages. Et le Bienheureux, qui avait le mot spirituel, par amour de l'humilité et de l'obéissance, disposait ainsi les rôles : « Le
Père X. est le Gardien, le frère est le Vicaire, l'âne et
moi nous sommes les sujets. »

Il renouvelait les miracles des plus grands mission-
naires, des saint Antoine de Padoue, des saint Vincent Ferrier.

Tantôt, à Malaga, il arrêtait les nues, et, d'un signe
de la Croix, suspendait miraculeusement la pluie au-
dessus d'une immense foule. Tantôt des phénomènes
célestes venaient, comme à Moran, accréditer sa prédication, et remplir de terreur les ennemis de Dieu.
D'autres fois on voyait à son oreille, tandis qu'il parlait,
une blanche colombe qui semblait l'inspirer.

A Andujar (Andalousie), des laboureurs entendirent,
dans leur champ, à un quart de lieue de la ville, son
sermon sur le pardon des injures.

De nombreux malades recouvraient la santé soit
en touchant ses vêtements, soit en recevant sa béné-
diction, soit encore en s'appliquant de petites cédules,
ou pieuses sentences, que le Bienheureux distribuait
comme souvenirs de ses missions.

Dieu lui donnait la connaissance des choses cachées. Durant sa seconde mission de Malaga, il sut divinement quels obstacles s'opposaient à son action ; et il les révéla en ces termes, quand vint le jour de la communion générale : « Vous voulez savoir, mes frères, quels sont les fruits de cette mission ? Apprenez-le par ceci que vous aurez peine à croire. Depuis minuit jusqu'à l'heure à laquelle je parle, il s'est commis dans votre ville *vingt-deux mille* péchés mortels, parmi lesquels trois ou quatre véritablement énormes. » Après quoi, il annonça avec grande force, et appela le glaive du Dieu vengeur. La ville fut épouvantée de ces menaces et fit pénitence, comme Ninive, dans le cilice et la cendre. Toutes les maisons furent fermées ; les églises remplies et les confessionnaux assiégés.

Dieu qui éprouve ses serviteurs les plus fidèles, le laissait souvent en proie à des craintes et à des angoisses intérieures. Un jour qu'il suppliait Dieu, au couvent des Capucins de Xérès, de le décharger du ministère de la prédication, Notre-Seigneur lui apparut soudain, passant, chargé de sa croix, devant le Maître-Autel, et tombant comme sur le chemin du Calvaire. Le Bienheureux se précipite aussitôt vers lui : « O Seigneur, pourquoi tombez-vous, s'écria-t-il ? — Parce que toi qui m'aidais par ton ministère, tu songes à te retirer et à m'abandonner, au préjudice des âmes que j'ai rachetées, et de mes brebis perdues. » Le Seigneur disparut, laissant le missionnaire encouragé et éclairé, Il continua dès lors ses travaux avec grande vaillance, et eut la joie de ramener de nombreux pécheurs et même des hérétiques. L'ambassadeur de Russie,

grec-schismatique, devint lui-même une de ses con-
quêtes.

La passion commença en 1782, par une grave maladie qui diminua à jamais ses forces, sans rien lui
faire relâcher de ses travaux et de ses pénitences.
Deux ans après, il fut cruellement éprouvé en perdant
le Directeur de son âme, qu'il aimait comme un père.

Une violente persécution se déchaîna contre lui. La
sainte liberté de son zèle apostolique le fit considérer
comme un criminel de lèse-majesté ; il fut dénoncé,
chassé de Séville et menacé de la prison ou de l'exil.
En même temps on mettait en doute son orthodoxie,
et il avait la douleur de voir se lever contre lui des
religieux, des prêtres, des évêques même. Mais le roi
se fit son protecteur et son innocence fut reconnue.

Ce n'était pas là cependant ses croix les plus lourdes.
Combien il préférait ces peines et ces contradictions
aux honneurs qu'on lui rendait habituellement ! Le
peuple partout le recevait en triomphe ; on l'accla-
mait, on se prosternait sur son passage, et ces
démonstrations étaient si enthousiastes, si solennelles
qu'elles pouvaient paraître une canonisation anticipée.

Les chaires où avait prêché saint Vincent Ferrier,
fermées depuis son passage et considérées comme
reliques, se rouvraient devant lui, et les corps consti-
tués se faisaient un devoir de lui témoigner leur gra-
titude en lui prodiguant les titres et les dignités.

C'est ainsi qu'il fut aumônier royal honoraire de la
marine espagnole, prédicateur de Sa Majesté, membre
de toutes les Académies, docteur de toutes les Uni-
versités, chanoine de presque toutes les cathédrales
d'Espagne et même *alcalde* ou maire honoraire de

quelques villes. Les plus grandes cités l'inscrivaient au nombre de leurs chevaliers d'honneur ; aux nombreux diocèses qui le voulaient pour évêque, Charles III se contentait de répondre : « Il vaut mieux qu'il soit l'Évêque de tout le royaume. »

Le Bienheureux souffrait de tant d'honneurs, qu'il ne pouvait refuser ; il en renvoyait la gloire à Dieu, devant qui il s'humiliait davantage, en s'appelant lui-même un *idiot*, un *pauvre âne*, tandis qu'il demeurait toujours au dehors un humble Capucin, un digne fils du Pauvre d'Assise. « Que pensez-vous, lui demandait-on un jour, de tout le bruit qu'on fait autour de vous et de vos sermons ? — Je dis alors au Seigneur, répondit-il : pourquoi tant de vent pour si peu de poussière ? » Son Directeur disait : « Le plus grand miracle du P. de Cadix, c'est son humilité au milieu des honneurs qu'on lui rend. »

Un jour, en quittant Saragosse, le Régent de la Cour se recommandait à ses prières et lui disait : « Vous m'emporterez avec vous au ciel. » — Et le Bienheureux de répondre avec grâce : « S'il ne faut à Votre Seigneurie qu'un âne pour l'y porter, je serai là ! »

Sa province d'origine avait voulu, au commencement, lui confier une de ses plus honorables prélatures, la charge de Maître des novices. Le Bienheureux la refusa humblement et écrivit ces graves paroles à son Directeur : « Je considèrerais l'ordre d'accepter cette dignité comme la sentence de ma damnation éternelle. » — « Je me suis mis mille et mille fois en présence de Dieu, écrivait-il une autre fois, et je me suis trouvé indifférent à tout, excepté à cela. »

L'aliment de toutes ses vertus était l'oraison, qu'il

pratiquait d'une manière, pour ainsi dire, continuelle, ne perdant jamais de vue la présence de Dieu, et trouvant le moyen, au milieu de ses incessants travaux, de consacrer à ce saint exercice jusqu'à dix et quelquefois quinze heures par jour. Aussi, quels élans dans son âme de feu ! Il épanchait son cœur, non seulement dans ses prédications, dans ses conversations, dans ses lettres, mais encore dans de très beaux vers castillans, exprimant des sentiments de foi, d'espérance, d'amour, de contrition, où l'on retrouve les ardeurs séraphiques de sainte Thérèse et de saint François d'Assise !

« Mon Dieu, je vous aime ! disait-il. Je suis, il est vrai, un ver de terre ; mais vous réclamez l'amour des plus viles créatures. Je vous aime, ô Jésus, je vous aime ! Vous êtes mon bien-aimé ! »

Sa pénitence fut héroïque, et ses jeûnes à peu près perpétuels. Il ne mangeait presque point de viande, ne buvait jamais de vin, et se privait même de l'eau nécessaire. Les compagnons remarquèrent qu'en voyage, malgré la chaleur et malgré la fatigue, il ne s'était jamais plaint de la soif. Trois fois le jour au moins, il se donnait de dures disciplines, de sorte que tout son corps n'était qu'une plaie. Et comme son supérieur le reprenait à ce sujet : « O mon Père, répondait-il, j'ai tant de péchés à expier : les miens, et ceux du peuple ! Laissez-moi continuer. » L'obéissance cependant dut intervenir pour modérer ces excès.

Au jour de sa profession, il avait dit à son Père Maître : « Je deviens religieux pour ne plus faire en rien ma propre volonté. » Son obéissance, dès ce jour, fut en effet admirable. Vivant hors du couvent et éloigné de ses supérieurs, il obéissait à ses compagnons, à l'évêque du lieu, à tous ceux qui lui commandaient.

Pour pratiquer l'obéissance, il n'hésita pas, un jour,. à affronter une terrible tempête. « Que pensera-t-on de vous voir partir par ce temps affreux? lui disait l'évêque. — On pensera que le Père Diégo fait un acte d'obéissance. »

Mais sa vertu par excellence fut le zèle, l'amour des âmes, la charité ardente des apôtres. Que de fois il s'écria, du haut de la chaire : « Oh! mes frères, quelque pécheurs que vous soyez, ne craignez point. Je veux bien me charger de vos péchés et les expier à votre place, pourvu que vous me promettiez de bien vivre à l'avenir ! » Et il était, pour les pécheurs, d'une douceur extrême.

Il s'affligeait aussi des misères des pauvres, des malades, et excitait en leur faveur, la charité des opulents. « Le P. Diégo nous ruinera, disait une dame, mais comment résister à ses exhortations quand il prêche la charité? » Un de ses grands chagrins fut de ne pouvoir, en 1780, assister les malades qu'une terrible épidémie sévissant alors à Cadix et dans les villes d'Andalousie, faisait mourir par milliers.

A ceux qui lui conseillaient le repos, le P. Diégo, déjà bien fatigué et infirme, répondait invariablement: « Je me reposerai à la mort. » Il devait, en effet, travailler et combattre jusque là, tomber, en quelque sorte, sur la brèche.

Le Bienheureux sentait sa fin prochaine. Il avait toujours craint la mort ; mais ses craintes, au moment suprême, furent tempérées par d'ineffables consolations. Après en avoir demandé la permission à son supérieur, comme pour mourir dans les bras de l'obéissance, il rendit son âme à Dieu, le 24 mars 1801, paroles : « Oh ! doux Jésus, tu sais bien que je en baisant tendrement son crucifix et répétant ces t'aime ! »

L'Espagne entière le pleura, et toutes les églises du royaume lui firent de solennelles funérailles.

De nombreux miracles s'opérèrent après sa mort, qui accrurent encore la renommée de sa sainteté.

En 1867, faisant la reconnaissance solennelle des reliques, on trouva intact le larynx du serviteur de Dieu, l'organe de cette prédication si efficace et si sainte qui avait retenti dans toute l'Espagne pendant 28 ans ; et des os desséchés suinta un sang pur et vermeil. Ce prodige se renouvelait naguère à Rome, à la grande admiration des cardinaux et des médecins appelés pour le constater, et l'examen scientifique a reconnu dans ce suintement merveilleux, du véritable sang humain, du sang liquide et vivant.

Un second miracle approuvé par la S. Congrégation des Rites est la guérison de cette religieuse de la charité, qui encore vivante, avait le bonheur d'assister, l'année dernière, à Rome, à la béatification de son protecteur. La phthisie pulmonaire l'avait conduite aux portes du tombeau ; après lui avoir fait donner les derniers sacrements et récité la recommandation de l'âme, on attendait le dernier soupir. Mais comme on invoquait pour elle le vénérable Diégo, la malade, bien qu'éveillée, vit venir auprès de son lit un vieillard au visage bon et plein de dignité. Sa longue barbe empêchait de voir quel habit il portait. Cette vision dura cinq minutes environ, après lesquelles la mourante vomit beaucoup de sang et fut très fatiguée. Mais bientôt, elle se levait, elle mangeait, et toute trace de sa maladie avait disparu.

La béatification du vénérable missionnaire, dont le nom est encore sur toutes les lèvres, a été pour l'Espagne, un évènement de la plus haute importance. Le clergé, les municipalités, le peuple se sont unis dans un saint enthousiasme, et les *Triduum* qui se célèbrent en ce moment de l'autre côté des Pyrénées, sont une série de triomphes pour le nouveau Bienheureux, pour la religion catholique et pour l'Ordre des Capucins. Le monde entier s'unit à ces fêtes, et répète la prière que le Pape Léon XIII prononçait, de toute l'ardeur de son âme, agenouillé au pied du nouveau protecteur qu'il venait de nous donner :

BIENHEUREUX DIÉGO-JOSEPH, PRIEZ POUR NOUS !

Cantique en l'honneur du B. Diégo-Joseph.

Air : Nous voulons Dieu !

1. A l'école du Tabernacle
   S'est illuminé ton esprit ;
   Ta sagesse fut un miracle,
   Ton seul maître fut Jésus-Christ.

Ref. Diégo, tu nous appelles
   A marcher avec toi :
   A ta voix nous serons fidèles,
   Nous combattrons pour notre foi ! } *bis.*

2. Pendant trente ans, le cœur en flammes,
   L'extase au front et les pieds nus,
   Tu fus pour tout un peuple d'âmes
   Le porte-drapeau de Jésus.

3. Pour arrêter dans ta patrie
   La secte de l'iniquité,
   Tu prêchas la Croix et Marie,
   Le Rosaire et la Trinité.

4. Plein d'un zèle que rien n'apaise,
   Tu semais ton verbe de feu,
   Jour et nuit, blessure et fournaise,
   Tu saignais et brûlais pour Dieu.

5. Digne enfant de François d'Assise,
   Au pied des autel, l'âme en pleurs,
   Tu suivais le Pape et l'Église
   Dans la geôle de leurs douleurs.

6. Diégo, fais de nous des apôtres
   Et des séraphins comme toi ;
   Tes adversaires sont les nôtres,
   Pour vaincre donne-nous la foi !

F. Léon, *cap.*

Avec permission des Supérieurs.

Toulouse. — Imp. catholique St-Cyprien, allée de Garonne, 27.

ORAISON

Du B. Diégo-Joseph.

O Dieu, qui avez revêtu le Bienheureux Diégo-Joseph, votre Confesseur, de la Science des Saints, et l'avez miraculeusement envoyé pour le salut de son peuple, concédez-nous, par son intercescession, de goûter les choses pieuses et saintes, afin d'arriver heureusement au royaume de votre gloire.

Par Jésus-Christ Notre Seigneur. Ainsi soit-il !

Divine Bergère, allez au secours de vos brebis égarées, convertissez les pécheurs.

Notre-Dame du Bon Pasteur, priez pour nous !

Notre-Dame de la paix, priez pour nous !

TRIDUUM SOLENNEL

EN L'HONNEUR

Du Bienheureux DIÉGO-JOSEPH de CADIX

CÉLÉBRÉ

EN L'ÉGLISE DES RR. PP. CAPUCINS

DE BAYONNE

Les Vendredi 19, Samedi 20 et Dimanche 21 Avril 1895.

N. B. — I. Une **Indulgence plénière** est accordée à tous les fidèles qui, confessés et communiés, visitent, une fois pendant le Triduum, l'église où on le célèbre et prient aux intentions du Souverain Pontife.

Une **Indulgence de cent ans**, chaque jour du Triduum, avec la visite et la prière pour le Souverain Pontife.

Ces indulgences sont applicables aux âmes du Purgatoire.

II. Les prêtres venant à ladite église ont le privilège, pendant les trois jours, de célébrer la Messe propre du nouveau Bienheureux.

L. D M. F.

www.ingramcontent.com/pod-product-compliance
Lightning Source LLC
Chambersburg PA
CBHW061742180626
46818CB00006B/2705